Clara Cunha
Para Miguel, que me lleva con él a todas partes, soporta mi mal humor matutino, mis infinitos olvidos, mis crisis existenciales, mis devaneos, mis platos inventados, mi testarudez, mi ropa desacorde, mi desorganización mental… Por amarme y mimarme y por dejar que lo ame.
Para todos los que aman, dejan que los amen y conciben el amor como lo mejor del mundo.

Paulo Galindro
Para mis hijos, João y Miguel, por todos los días que me preguntaron cuántas ilustraciones me quedaban para terminar este libro. Querían a su padre de vuelta en la arboleda.

Título original
O CUQUEDO E UM AMOR QUE METE MEDO

Copyright © CLARA CUNHA y LIVROS HORIZONTE

Copyright de las ilustraciones
© PAULO GALINDRO

Primera edición en castellano por Editorial el Pirata:
enero de 2019

© Primera publicación en Portugal de LIVROS HORIZONTE, 2017
El ilustrador está representado por Bookoffice (bookoffice.booktailors.com).

REPÚBLICA
PORTUGUESA

CULTURA
DIREÇÃO-GERAL DO LIVRO, DOS ARQUIVOS E
DAS BIBLIOTECAS

Funded by the Direção-Geral do Livro,
dos Arquivos e das Bibliotecas (DGLAB) / Portugal

Con el apoyo de

Generalitat de Catalunya
**Departament
de Cultura**

Impresión XY PRINTING
ISBN 978-84-17210-51-9
Depósito legal B 1853-2019

Editorial el Pirata
C. de la Costa, 74, 08023 - Barcelona
info@editorialelpirata.com
www.editorialelpirata.com

Cuquedo
y un amor que da miedo

Una historia de miedo contada por
Clara Cunha
e ilustrada por
Paulo Galindro

Editorial el Pirata

Selva arriba,
selva abajo,
andaba Cuquedo preocupado.
En todas las esquinas de la selva encontraba
una pareja enamorada.
Decidió entonces buscar
una novia con la que poderse casar.

Se escondió en la arboleda
y se puso a cantar:
—¿Quién quiere, quién quiere
casarse con Cuquedo,
que se esconde en el arbolado
y pega unos sustos de cuidado?

Apareció una grulla y se puso a gritar:

—¡Yo quiero, yo quiero!

—¿Y tú sabes asustar? —preguntó Cuquedo.

— Sí, y te lo afirmo sin dudar.

—¿Lo puedes demostrar? —dijo Cuquedo.

La grulla abrió sus grandes alas
y gruyó:

GRU GRU GRU

–No, no, no...
No sabes asustar,
¡contigo no me puedo casar!

Al poco
se puso de nuevo a cantar:
—¿Quién quiere, quién quiere
casarse con Cuquedo,
que se esconde en el arbolado
y pega unos sustos de cuidado?

Apareció una mona y se puso a gritar:

–¡Yo quiero, yo quiero!

–¿Y tú sabes asustar? –preguntó Cuquedo.

– Sí, y te lo afirmo sin dudar.

–¿Lo puedes demostrar? –dijo Cuquedo.

La mona abrió la boca
y chilló:

Al poco
se puso de nuevo a cantar:
—¿Quién quiere, quién quiere
casarse con Cuquedo,
que se esconde en el arbolado
y pega unos sustos de cuidado?

Apareció una hiena y se puso a gritar:

–¡Yo quiero, yo quiero!

–¿Y tú sabes asustar? –preguntó Cuquedo.

– Sí, y te lo afirmo sin dudar.

–¿Lo puedes demostrar? –dijo Cuquedo.

La hiena enseñó los dientes
y rio:

HiHiHiHiH

–No, no, no...
No sabes asustar,
¡contigo no me puedo casar!

Al poco
se puso de nuevo a cantar:
–¿Quién quiere, quién quiere
casarse con Cuquedo,
que se esconde en el arbolado
y pega unos sustos de cuidado?

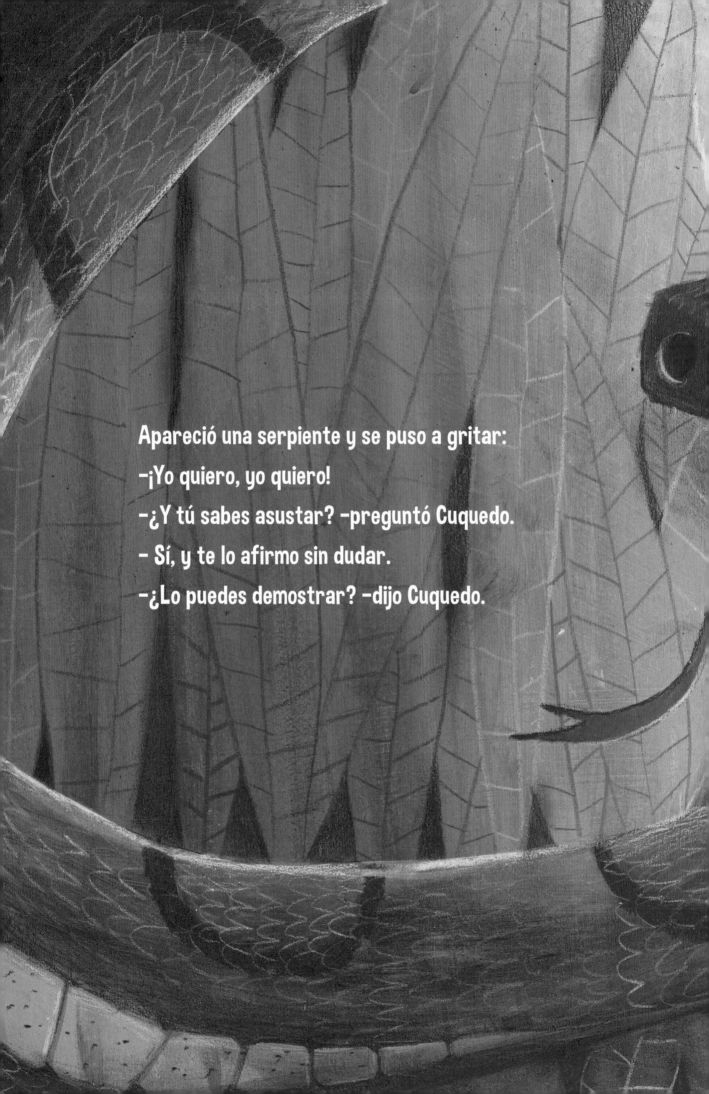

Apareció una serpiente y se puso a gritar:

–¡Yo quiero, yo quiero!

–¿Y tú sabes asustar? –preguntó Cuquedo.

– Sí, y te lo afirmo sin dudar.

–¿Lo puedes demostrar? –dijo Cuquedo.

La serpiente abrió tranquilamente su enorme boca
y siseó:

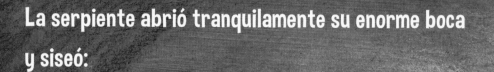

ssseet ssseet ssseet

–No, no, no...
No sabes asustar,
¡contigo no me puedo casar!

GRRRRR...

Al poco
se puso de nuevo a cantar:
—¿Quién quiere, quién quiere
casarse con Cuquedo
que se esconde en el arbolado
y pega unos sustos de cuidado?

Apareció una Cuqueda y se puso a gritar:

–¡Yo quiero, yo quiero!

–¿Y tú sabes asustar? –preguntó Cuquedo.

– Sí, y te lo afirmo sin dudar.

–¿Lo puedes demostrar? –dijo Cuquedo.

¡BU!! ¡BU!!

UAU!!!

—¡Sí, sí, sí!

Tú sí que sabes asustar.

¡Contigo me voy a casar!

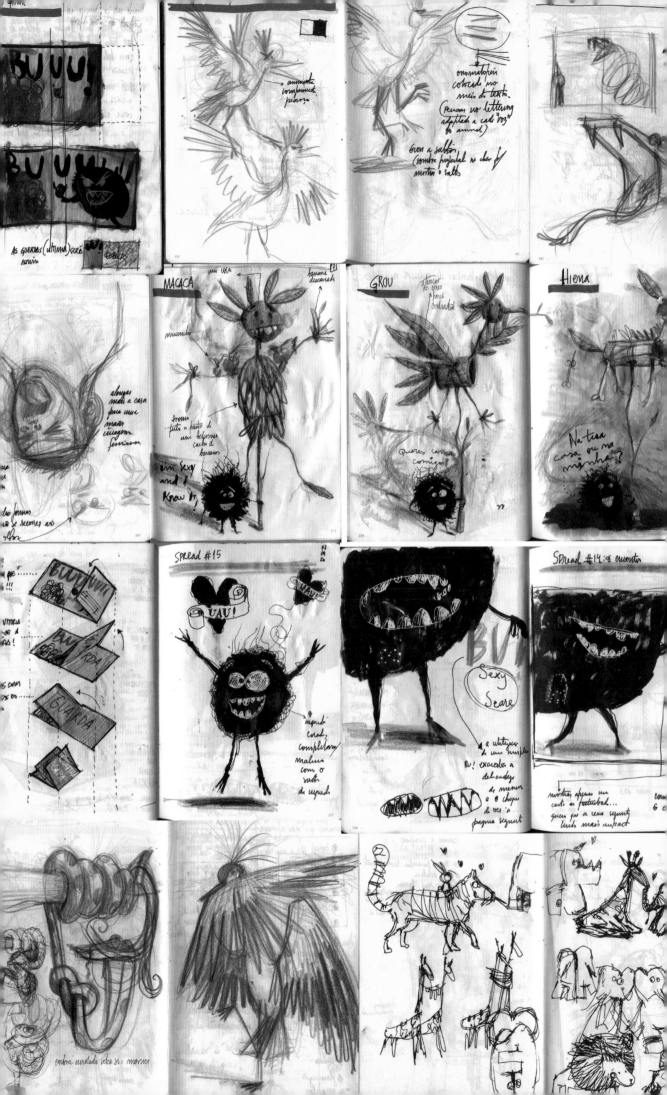